Marten Zabel

Jon Danger und die Assassinen von Kairo

Jon Danger, Band 4

Marten Zabel

Jon Danger und die Assassinen von Kairo

Abenteuerroman

Bibliografische Information der Deutschen Nationalbibliothek: Die Deutsche Nationalbibliothek verzeichnet diese Publikation in der Deutschen Nationalbibliografie; detaillierte bibliografische Daten sind im Internet über http://dnb.dnb.de abrufbar.

Weitere Informationen unter jondanger.com

Verlag: BoD · Books on Demand GmbH, In de Tarpen 42, 22848 Norderstedt, bod@bod.de

Druck: Libri Plureos GmbH, Friedensallee 273, 22763 Hamburg

ISBN: 978-3-7693-2551-5

MIX
Papier aus verantwortungsvollen Quellen
Paper from responsible sources
FSC® C105338

Das Leben des Doktor Jonathan Daniel Danger war verwirkt, als der Zug in den Bahnhof von Kairo einfuhr. Es waren Wochen vergangen, seit der Schlacht bei den Grabstätten von Meroe. Wochen, in denen Jon gemeinsam mit Doktor Ashleigh Hanworth und Professor George Andrew Reisner an den geheimnisvollen Schriftzeichen gearbeitet hatte. Er brauchte mehr Informationen und die würde er hier finden.

Er blickte aus dem Fenster. Kairo war im Juni fast unerträglich heiß. Die Stadt war groß und voller Leben, das sich auf Märkten, in engen Gassen, in Höfen und in Gebäuden mit schmalen Fenstern abspielte. Es roch nach Kohlefeuer, scharfen Gewürzen, gebratenem Fleisch und Abwasser. Der Zug kam zum Stehen. Jon griff seinen Rucksack und stieg aus. Er hatte sich per Telegramm beim Museum angemeldet, hoffte, Professor Fincher würde ihn empfangen.

„Jon!" Er hörte seinen Namen, erkannte die Stimme nicht sofort im Lärm des Bahnhofs. Dann sah er ihren Besitzer und ein breites Grinsen überkam sein Gesicht.

„Phil!"

Philipp Julius Wentworth-Ganterbury wartete, lässig an eine Säule gelehnt, das Jackett mit der linken lässig über die Schulter geworfen, einen weißen Hut auf dem Kopf. Er hatte sich einen dünnen Schnurrbart wachsen lassen und trug polierte Lederschuhe. Jon ging schnellen Schritts auf seinen alten Freund zu. „Was zur Hölle machst Du in Kairo?"

„Ich hole dich vom Zug ab." Phil lächelte verschmitzt. „Irgendwer muss dir die Stadt ja zeigen. Komm mit."

Die beiden gingen an Ägyptern, Nubiern, Briten und Franzosen vorbei in Richtung der Bahnhofshalle. „Nein, im

Ernst Jon, ich weiß halt, wo ich aufzutauchen habe, um den Tag zu retten. Wir müssen uns beeilen."

„Beeilen? Warum?"

„Weil die Welt sich weitergedreht hat, während du im Feld warst. Jemand will deinen Kopf."

„Was? Fang von vorne an, Phil." Sie durchschritten ein großes Portal in die Halle, Phil wählte einen Weg quer durch das Gebäude, auf einen Seitenausgang zu.

„Also: Ash hat mir geschrieben, dass du kommst. Da war ich gerade in Algiers, wir haben da eine Rallye beendet. Also hab ich meinen Wagen vollgetankt und bin direkt weitergefahren. Komme also in Kairo an, frage ein wenig herum, erfahre von Fincher ein paar Sachen über diese Steele, die du im Museum finden willst. Frage weiter herum, mache Bekanntschaften. Finde heraus: Da sind Leute, die meinen alten Kumpel Jon umbringen wollen. Und nachdem Fincher mir erklärt hat, dass du heute ankommst, dachte ich mir, es ist besser wenn ich dich vom Bahnhof abhole, als irgendwelche unzivilisierten Messermänner."

„Gut", antwortete Jon. „Alles einmal der Reihe nach. Erstens, sie hasst es, wenn du sie Ash nennst."

„Ich weiß, deshalb kann ich es einfach nicht sein lassen", grinste Phil.

„Zweitens, du musst mir erklären, wer zur Hölle mich tot sehen will und warum. Und drittens, du bist von Algiers bis hierher gefahren? Womit?"

„Damit", sagte Phil, als sie durch die Tür nach draußen traten. In der Gasse stand, von einer Gruppe junger Männer bewacht, ein Automobil.

Es war ein rot lackierter Zweisitzer, aerodynamisch geformt, das modernste Fahrzeug, das Jon je gesehen hatte.

Staubig und vom Wüstensand etwas zerkratzt, sah es aus, als hätte ein deutscher Ingenieur Kraft und Geschwindigkeit in eine Maschine gegossen. Der Wagen war komplett offen und hatte weder Dach noch Windschutzscheibe. Die frei liegenden Speichenräder mit Gummibereifung wurden von eleganten, frei fliegenden Kotflügeln überspannt. Drei separate Abgasrohre liefen aus der Seite des Motorraumes heraus und vereinten sich unterhalb der Beifahrertür zu einem Auspuff. Hinter den beiden Sitzen, auf dem offenen Heck, waren ein Reservekanister und ein Gepäckkoffer angeschnallt. Auf beiden Seiten waren auf den Trittbrettern jeweils zwei Ersatzräder festgezurrt.

„Ich sehe, du hast die richtige Menge an Ehrfurcht vor diesem Fahrzeug", sagte Phil, während er den jungen Männern jedem eine Münze für ihre Dienste zuwarf. „1921er Mercedes 28 mit sagenhaften 95 Pferdestärken. Viergangschaltung. Schafft auf ebener Strecke hundert Meilen in der Stunde. Wäre uns nicht bei Khemis ein Fels unter den Tank geraten, hätten wir die Rallye gewonnen. So brauchten wir 'nen halben Tag, um das Teil zu flicken und bis dahin waren Rautner und sein Beifahrer schon im Ziel."

Phil nahm Jon den Rucksack ab und verstaute ihn ihm Kofferraum. „Doktor Danger, würden Sie bitte Ihre Universitätsausbildung einsetzen und helfen, den Wagen anzuwerfen?" Phil kletterte über die Reserveräder hinweg in den Fahrersitz. Jon ging zur Front des Wagens und drehte auf Phils Zeichen hin an der Kurbel. Der Motor des Fahrzeugs erwachte grollend zum Leben. Während Jon in den Beifahrersitz kletterte, setzte sich Phil eine Fliegerbrille auf und hielt auch Jon eine hin, der sie ebenfalls überzog. Da er Phil kannte, nahm er seinen Hut vom Kopf und hielt ihn im

Schoß fest. Dann ließ der Brite den Wagen anrollen und fuhr los.

„Professor Fincher erinnert sich an die Stele, die du suchst", rief Phil über den Lärm des Wagens hinweg. Sie fuhren durch die staubigen Straßen Kairos, voller Verkehr aus Eselskarren, anderen Automobilen, Lastwagen und jeder Menge Fußgänger, teils mit schweren Lasten beladen. „Aber er weiß nicht, wo im Archiv sie liegt. Er meinte, sie stammt aus dem Expeditionsfundus einer Aigner-Expedition. Ich hab etwas herumgefragt. Alois Aigner. Hat wohl in den 70ern hier mal geforscht – Österreicher. Keiner vom Fach, reicher Industrietyp."

Jon nickte. Die Stele lag also seit einem halben Jahrhundert im Archiv des Museums und wartete darauf, entschlüsselt zu werden.

„Auf jeden Fall ist dringender, dass Leute dich tot sehen wollen. Die Hashishin, wie sie sich nennen. Eine Sekte, wenn ich das richtig verstanden habe. Gibt es schon sehr lange, angeblich schon seit den Kreuzzügen. Attentäter."

Jon musste an den Araber auf dem Zug bei Meroe denken. Und an den Mann im Flugzeug über Abessinien. „Was zur Hölle wollen die von mir?"

„Dich töten, Jon, hab ich doch gesagt. Du hast wohl einem von denen die Nummer vermasselt. Irgendwas mit einem König in Zentralafrika. Auf jeden Fall wollen sie Rache. Sie haben ihre Fühler über sämtliche Informantennetze der Stadt ausgestreckt. So habe ich von der Sache erfahren. Wir bringen dich erst mal an einen halbwegs sicheren Ort. Da ist jemand, der mit dir sprechen will."

Phil fuhr das Automobil in eine Seitengasse, dann in einen Hof. Das Gebäude dahinter war groß und hatte ein arabisches Schild, das es als „Club Sheherazade" auszeichnete. Phil gab den Autoschlüssel bei laufendem Motor einem jungen Mann. Jon wollte seinen Rucksack aus dem Kofferraum holen aber Phil zog ihn mit sich. „Keine Sorge, diese Leute sind zuverlässig und diskret. Deine Sachen kommen nicht weg."

Im Inneren entpuppte sich das Gebäude als Hammam, als traditionelles Badehaus. „Ich dachte mir, du willst ein wenig lokale Kultur schnuppern und gleichzeitig die Reise von dir abwaschen", erklärte Phil, während sie sich in einem Raum mit hohen Decken und hölzernen Sitzbänken auszogen. Jon tat es seinem Freund gleich und legte seine Kleidung in ein Regal, danach bekamen sie große Tücher.

„Erst schwitzen, dann baden, Jon. Wir haben eine Verabredung in der Dampfsauna." Sie durchschritten einen von gläsernen Kuppeln erhellten Raum mit Säulen, in dessen Seitenflügel ein großes Badebecken lag. Mehrere Türen führten in Dampfbäder. Außer ihnen waren keine Badegäste zu sehen. Phil führte Jon zu einer der Türen. Sie hängten die Tücher daneben auf und gingen hinein.

Man konnte in dem Raum voll heißem Dampf keine zwei Meter weit sehen aber Jon bemerkte, dass die Wände mit Mosaiken verziert waren. Schweiß bildete sich sofort auf ihren Körpern und Jons Haare waren innerhalb einer Minute nass. Phil führte Jon zu einer Nische und bedeutete ihm, sich hinzusetzen. Er selbst setzte sich einen Alkoven weiter. „Jetzt warten und schwitzen wir, Jon. Mein Kontakt wird jeden Moment hier sein. Er ist ein vorsichtiger Mann. Er will nicht, dass wir sein Gesicht kennen. Brite aus London, würde ich sagen, vom Akzent her. Ich habe mit ihm telefoniert. Er hat mich angerufen. Er weiß etwas."

„Können wir ihm trauen, Phil? Wir sitzen hier gerade buchstäblich nackt da, nachdem du mir gesagt hast, dass Leute in dieser Stadt mir ans Leder wollen."

„Manchmal muss man Risiken eingehen, Jon."

„Das stimmt, Doktor Danger", sagte eine fremde Stimme durch den Nebel des Dampfbads. „Aber keine Sorge, ich habe nicht vor, Sie umzubringen, hätte auch in diesem Moment gar nicht die Möglichkeit dazu. Sie sind zu zweit, ich bin alleine – und Sie müssen mich beim Wort nehmen, dass ich genauso nackt bin, wie Sie."

Jon setzte sich deutlich angespannter auf den heißen Kacheln auf. „Wer sind Sie?"

„Hat Ihr Freund nicht gerade gesagt, dass ich das nicht verraten möchte?" Der Unbekannte klang leicht amüsiert. „Sagen wir, ich bin wie Mr. Wentworth-Ganterbury ein begeisterter Amateur. Und wie Sie, Doktor Danger, an den Geheimnissen der Vergangenheit interessiert."

„Also gut. Kein Name. Was wollen Sie?"

„Zugang. Das ist das, was ich von Ihnen will und das ist auch das, was ich Ihnen im Gegenzug anbieten. Sie werden in das Magazin des Museums hineinkommen. Ich will einen Gegenstand von dort haben. Dafür..."

Jon unterbrach den Mann: „Sie glauben, ich würde für Sie etwas aus dem Museum von Kairo stehlen? Vergessen Sie es."

Jon setzte an, aufzustehen und zu dem Fremden hinzugehen, das Gesicht des Mannes zu sehen, der ihn zu diesem Verrat anstiften wollte. „Warten Sie, Doktor Danger. Warten Sie. Hören Sie erst einmal an, was ich zu sagen habe." Jon setzte sich zögerlich wieder hin. In der Nische konnte er inzwischen sehen, dass der Mann hochgewachsen und schlank war, mehr aber nicht.

„Ich biete Ihnen im Gegenzug Zugang zu einer der exklusivsten Veranstaltungen der Welt. Die Schwarze Auktion." Phil pfiff in Erstaunen. Jon sagte nichts. „Die Schwarze Auktion findet alle vier Jahre statt", erklärte der Unbekannte. „Es ist ein heimliches Treffen der reichsten und einflussreichsten Persönlichkeiten mit einem gewissen Sammlertrieb. Nur, wer ein Empfehlungsschreiben eines Mitglieds der Gemeinschaft vorweisen kann – sowie ein einzigartiges Objekt zur Versteigerung und derzeit 10.000 Pfund Sterling – darf dort teilnehmen. Dort werden Dinge versteigert, die es nur einmal gibt. Die besonders und jenseits der Vorstellungskraft des gemeinen Volkes sind. Und dort wird etwas versteigert, das Ihnen helfen könnte."

„Alois Aigner hat nicht nur in Ägypten eine Amateurforschung betrieben. Er hat mehrere Expeditionen in alle Welt durchgeführt. Aber die Details sind verlorengegangen. Er hat sie mit ins Grab genommen. In Form seines Tagebuchs. Er ist im Jahr 1904 gestorben, hat sich aber noch zu Lebzeiten ein Mausoleum in seiner Heimat bauen lassen. In Österreich-Ungarn. Dieses Mausoleum ist besonders, es steckt voller Uhrwerkmechanismen und Rätsel und Fallen – in gewissen Kreisen hat es den Status einer Legende. Ohne den Schlüssel kommt man nicht herein, ohne es zu zerstören. Und dieser Schlüssel wird auf der Schwarzen Auktion 1924 diesen Herbst versteigert. Und ich kann Ihnen ein Empfehlungsschreiben ausstellen. Wenn Sie mir eine Tontafel aus dem Museumsmagazin beschaffen."

„Eine Tontafel?" Jon klang jetzt mehr nachdenklich als wütend. „Welche Tontafel?"

„Keine wichtige. Inventarnummer und eine Beschreibung kann ich Ihnen zukommen lassen. Ich höre, Sie sind doch interessiert?"

„Das Mausoleum dieses Aigners liegt in Österreich und es ist noch keiner dort gewesen, um hineinzuschauen?"

„Durch die Fenster gewiss. Aber ins Innere gelangt man nicht so einfach. Aber es sollen sagenumwobene Sachen darin verbaut sein. Schließlich hat Aigner das Ganze nicht nur für sich, sondern auch für seine zu jung verstorbenen Töchter bauen lassen. Der Mann soll mit zunehmendem Alter immer exzentrischer geworden sein, wissen Sie?"

„Ich tue es", sagte Jon. Er hörte Phil neben sich ausatmen, wusste nicht, ob aus Enttäuschung oder Erleichterung.

„Gut. Warten Sie noch fünf Minuten hier drinnen. Ich werde einen Zettel mit Details bei Ihren Sachen deponieren und dann verschwinden. Ich kontaktiere Sie in drei Wochen", sagte der Fremde.

Jon und Phil sahen die lange Gestalt aufstehen, zur Tür gehen. Die Tür öffnete sich, Jon sah kurz blondes oder graues Haar im Luftzug, der den Dampf etwas lichtete. Dann war der Mann verschwunden.

„Du willst das Museum bestehlen? Versteh mich nicht falsch – die Schwarze Auktion... Ich habe schon davon gehört, dachte aber immer, es sei eine Legende gelangweilter Dandies..."

„Phil, du bist ein gelangweilter Dandy. Nein, ich habe nicht vor, das Museum zu bestehlen. Aber als er sagte, es sein eine Tontafel... Bei so etwas kann ich eine Replik herstellen. Erst recht, wenn ich drei Wochen Zeit dafür habe."

„Brillant, Jon – ich hätte fast an deiner Integrität gezweifelt. Dann schlagen wir zwei Fliegen mit einer Klappe: Du kannst zu diesem Mausoleum und wir können zur schwarzen Auktion!“

„Du kommst mit?“

„Denkst du, ich würde mir das entgehen lassen? Und woher willst du 10.000 Pfund Eintrittsgebühr nehmen? Hat die Uni ihr Reisekostenbudget verhundertfacht?“

Jon und Phil verließen das Dampfbad fünf Minuten später. Sie kamen aus der Tür, als Jon den Mann im Eingang zur Badehalle sah. Es war ein Angestellter des Hammams, leblos und mit offenen Augen in einer Blutlache. Eine Bewegung im rechten Augenwinkel ließ ihn zurückweichen, er rutschte auf den feuchten Kacheln aus, fiel – und der Schwung einer Messerklingen ging über ihn hinweg, als er mit dem Hintern hart auf den Boden Aufschlug. Phil drehte sich von den Handtuchhaken her um, während Jon versuchte, rückwärts von seinem Angreifer zurückzuweichen.

Der Mann trug für den Hammam viel zu schwere Kleidung, war von Kopf bis Fuß in schwarzen Stoff gehüllt. Nur seine Augen waren sichtbar, schwarz und voller Hass. Und seine Hände, in denen jeweils ein Messer lag. Er setzte zu seinem weiteren Angriff auf Jon an. Der strampelte auf dem glatten Boden nach halt, schob sich ein Stück zurück. Der Attentäter sprang vor beide Messer auf Jon angesetzt. Phil peitschte sein Handtuch in dessen Weg. Der Stoff wickelte sich um die Arme des Angreifers, hielt ihn für einen kurzen Augenblick fest genug, um ihn herumzureißen. Der Assassine landete nicht auf Jon, sondern direkt neben ihm, die beiden Messer klirrten auf den gekachelten Boden.

Jon nutzte die Gelegenheit, sich hochzurappeln. Er griff sein eigenes Handtuch vom Haken an der Wand. Der Assassine stand ebenfalls auf. Einige Spritzer Blut waren auf dem hellen Boden zu sehen – der Mann musste sich mit einer seiner eigenen Klingen verletzt haben. Jon und Phil standen ihm nackt gegenüber, beide nur mit Handtüchern bewaffnet. Ein Schrei war vom Eingang her zu hören, vermutlich hatte jemand die Leiche entdeckt. Der Attentäter war für einen Augenblick abgelenkt, seine Augen fuhren kurz nach rechts. Jon nutzte die Gelegenheit, schlug dem Mann sein Handtuch ins Gesicht. Der Assassine, kurzfristig geblendet, schwang sein linkes Messer nach ihm, kam aber zu kurz. Phil schlug ebenfalls zu, hatte es irgendwie geschafft, einen Knoten in das Ende seines Tuchs zu binden. Der feuchte Stoff erwischte den Mann am Arm, schlug ihm das rechte Messer aus der Hand.

Der Attentäter stand, mit nur noch einem Messer bewaffnet, seinen beiden nackten Gegnern gegenüber. Eine Frauenstimme rief von der Tür her etwas auf Arabisch. Jon sah über den Assassinen hinweg, wie sich jemand in einem bauchfreien arabischen Kleid und mit hochgesteckten schwarzen Haaren näherte. Glöckchen und Schellen klirrten in ihrem türkisfarbenem Gewand. Eine sehr hübsche Ägypterin, Ende 30, bewaffnet mit einer selbstladenden Pistole, die sie auf den Attentäter gerichtet hielt. Dieser drehte sich halb herum, sodass er Jon, Phil und die Frau sehen konnte. Dann hob er sein Messer an seinen eigenen Hals und schnitt sich mit einer schnellen Bewegung tief durch die Kehle.

Jon Danger und Phil Wentworth-Ganterbury saßen im Büro von Madame Sheherazade. Die Besitzerin des gleichnamigen Clubs hatte eine Aufräumaktion im Bad organisiert, während sich die beiden Männer angezogen hatten. Dann hatte sie die zwei mehrere Treppen hinauf und wieder herunter geführt, durch lange Gänge mit und ohne Fenster, schließlich in ihr Büro. Ein kleines Fenster blickte von oben herab in einen dunklen Saal mit einer Bühne und vielen Tischen und Stühlen. Der Raum war gemütlich eingerichtet, mit schwerem Teppich, samtenen Vorhängen, reich verzierten Stehlampen und einem großen Schreibtisch aus Teakholz.

Hinter diesem Schreibtisch saß Sheherazade nun in einem drehbaren Ledersessel und rauchte mittels einer langen Zigarettenspitze eine Zigarette. Ihren Gästen hatte sie keine angeboten, wohl aber ein Glas Portwein, den sie aus einer kristallenen Karaffe in edel verzierte Gläser eingeschenkt hatte. Alle drei hatten sich einen schnellen Schluck genehmigt.

„Wenn die Hashishin glauben, sowas in meinem Club machen zu können, haben sie sich geirrt", überlegte Sheherazade laut. Ihre schwarzen Augen funkelten böse. „Das hier ist neutraler Boden. Und Harun... Ich hatte ihn geschickt, damit er Ihnen Bescheid gibt, dass Sie rauskommen können. Ihr anonymer Freund war ja weg. Aber so etwas..."

Sheherazade trug ein türkisfarbenes Kleid, das mehr Haut entblößte, als es verdeckte. Ihre langen, pechschwarzen Haare waren mit einem Tuch und einem Diadem geschmückt und sie trug am ganzen Körper klirrende Schellen. Alles in allem sah sie aus wie eine Mischung aus ägyptischer Königin und arabischer Haremsdame. Sie war gerade beim Proben gewesen, als sie vom Ärger im Badehaus gehört hatte. „Wie so oft", seufzte sie, „musste ich mich selber darum kümmern.

Wenn man sich nicht mit gefährlichen Männern umgeben will, dann ist das der Preis, den man als Frau zahlt."

Sie blickte nun Jon und Phil an. „Mr. Wentworth-Ganterbury. Doktor Danger. Was auch immer in diesem Haus an Geschäften besprochen wird, geht mich per se nichts an. Meine Gäste erwarten – zu Recht – äußerste Diskretion. Aber: Es hat einen der meinen erwischt. Abgeschlachtet, weil er im Wege war, vermute ich. Wenn der Kerl sich nicht selber den Hals durchgeschnitten hätte, hätte ich ihm nach ein paar Fragen schon selber eine Kugel in den Kopf gejagt. Wer mit den Hashishin Geschäfte macht, ist damit aus meinem Club verbannt. Das wird ein paar Herren treffen. Sie beide... Ich werde nicht so weit gehen, Ihnen Hausverbot zu erteilen. Aber kommen Sie erst wieder, wenn die Sache mit den Hashishin geklärt ist. Ich kann diese Art von Vorfall hier nicht brauchen. Ansonsten habe ich in einer Stunde eine Show, also machen Sie jetzt, dass Sie davonkommen."

Jon und Phil sahen sich an wie zwei Schuljungen, die von ihrer Lehrerin bei einem Streich erwischt und ausgeschimpft wurden. Madame Sheherazade strahlte neben müheloser Sinnlichkeit eine Autorität aus, der man sich nicht widersetzte. „Es tut uns leid, Miss Sheherazade", sagte Phil. „Wir haben nicht gewusst, dass der Attentäter uns hier finden würde. Er muss unserem Wagen gefolgt sein."

„Das ist mir egal und letztlich Ihr Problem. Machen Sie es nicht zu meinem", antwortete die Clubbesitzerin. „Achja: Doktor Danger, hier ist ein Zettel, den Mr... Ihr anonymer Freund für Sie zurückgelassen. Hat."

Sie gab Jon einen Zettel. Darauf befand sich eine Ziffern- und Zahlenkombination, die Jon sofort als Archivnummer identifizierte. Er hatte seinen illegitimen Auftrag erhalten.

Nun musste er nur noch seinen Auftraggeber davon überzeugen, dass er ihn ausgeführt hatte, ohne tatsächlich etwas zu stehlen. „Danke für Ihr Verständnis, Miss Sheherazade“, sagte Jon. „Komm Phil. Bevor der nächste Attentäter auftaucht, würde ich gerne mit Professor Fincher sprechen.“

Ein Angestellter des Clubs brachte sie zum Parkplatz mit Phils Automobil. Jon kurbelte den Wagen an, dann fuhren sie in der Abenddämmerung über die staubigen Straßen Kairos. Phil fuhr bewusst nicht den direkten Weg zu Finchers Arbeitsstätte beim Museum. „Wenn wir schon Verfolger haben, wollen wir es ihnen zumindest nicht leicht machen.“ Er beschleunigte den Sportwagen eine Straße entlang, schneller, als der restliche Verkehr vorankam. Phil wob das Fahrzeug zwischen Karren und Autos hindurch, wurde dann wieder langsamer, fuhr einen Bogen durch eine Seitenstraße.

Jon erzählte seinem Freund indes, was ihm seit Huaji widerfahren war. Phil hingegen erzählte, wie er seit seinem Abschluss an der Miskatonic University das Leben eines reichen, unverheirateten Mannes im Nachkriegseuropa genoss. Rallyes, schöne Frauen, das eine oder andere Abenteuer rund um das Mittelmeer – Jons ehemaliger Kommilitone und noch immer bester Freund fuhr, prügelte und vögelte sich durch die Lande, was das Vermögen seiner Familie hergab. „Irgendwann werden sie mich festnageln und ich muss Geld und Ländereien verwalten, Jon. Heiraten. Den Namen weitertragen und all das. Ich will dann nicht das Gefühl haben, ich hätte die Zeit bis dahin nicht genossen“, sagte Phil mit einem untypisch-nachdenklichen Blick im Gesicht.

Dann erreichten sie das Museum. Es war ein großer Bau im europäischen Stil. Nur etwa ein Viertel, so erklärte Phil, war öffentlich-zugänglich und ein begehbares Museum. Ein weiteres Viertel war Werkstätten und Büros gewidmet, wo Artefakte untersucht und jede Menge Papierkram verwaltet wurden. Und die anderen beiden Viertel beinhalteten das Magazin, die wohl größte Sammlung von Altertumsgegenständen der Welt. „Mit der möglichen Ausnahme des British Museum of London, versteht sich“, fügte Phil patriotisch hinzu. „Aber das hier ist alles altägyptisch. Keine seltsamen Statuen aus Indien oder der Karibik. Nur feinstes Kunsthandwerk aus sechstausend Jahren lokaler Zivilisation.“

Es wurde bereits dunkel, als sie die Treppe hinaufstiegen. „Glaubst du, Fincher ist noch hier?“, fragte Jon.

„Er hat mir gesagt, dass er die meisten Nächte hier verbringt. Er hat ein Feldbett in seinem Büro, trotz seines Alters. Seine Frau sieht er wohl nur an den Wochenenden. Naja in seinem Alter, lohnt es sich wohl auch nicht mehr so sehr, schätze ich.“ Phil zuckte mit den Achseln.

Ein Pförtner in Uniform nahm ihre Namen in ein Besucherbuch auf und wies sie dann an, welchem Korridor sie wohin zu folgen hätten, um zum Büro des Altertumsforschers Professor Ignacius Fincher zu kommen.

Die Lampen im Flur gaben ein schummriges Licht von sich, als sie an die schwere Tür aus dunklem Holz klopften. Es roch nach alten Gegenständen, Büchern, der Patina der Jahrzehnte. „Herein?“, kam es von drinnen. Jon öffnete die Tür, trat gefolgt von Phil hindurch.

Das Arbeitszimmer von Professor Fincher war in schummriges Licht getaucht. Der Weg zum Schreibtisch führte durch eine Schlucht aus Bücherstapeln, die sich mannshoch auftürmten. Am Tisch saß Fincher selbst im Schein seiner grünen Schreibtischlampe, die Schreibmaschine neben sich, eine Lupe auf dem Tisch – und weitere Bücher. Hinter ihm befanden sich Regale bis zur hohen Decke, gefüllt mit Artefakten nicht nur aus dem alten Ägypten, sondern aus aller Welt.

Die Bücherstapel links und rechts seines Schreibtisches verdeckten sogar das einzige, hoch gelegene Fenster. Wäre es draußen nicht bereits Nacht gewesen, so wäre dennoch nicht viel Licht in den Raum gefallen. Ficher selbst war das Abbild des Gelehrten, der für seine Arbeit lebt: In seinen späten Sechzigern, mit rauschendem Bart, Zwicker auf der Nase, Anzug mit Flicken an den Ellenbogen und das graue Haar zu einem kurzen Dutt zusammengebunden, damit es ihm nicht in die Arbeit hängen möge. „Wer mag mich zu so später Stunde hier beehren?", fragte der Professor die beiden Männer, bis er Phil wiedererkannte.

„Mr. Wentworth-Ganterbury. Dann schlussfolgere ich einmal, dass Sie der illustre Doktor Danger sein müssen. Haben Sie es endlich nach Kairo geschafft?"

„Professor, sind wir für heute fertig?" Die Frauenstimme kam aus der Ecke des Raums. Jon und Phil kamen ein wenig näher an den Schreibtisch, konnten hinter dem rechten Bücherberg nun sehen, dass in der Ecke dort eine Couch stand. Neben der darauf aufgerollten Decke saß eine junge Frau, Stift und Notizblock in den Händen.

„Oh, wo sind meine Manieren. Einen Moment, Rose", sagte Professor Fincher. „Die Herren, Rose Andergren, meine Assistentin. Rose, Mr. Philip Julius Wentworth-Ganterbury und Doktor Jonathan Daniel Danger. Richtig?"

Jon und Phil nickten. „Sehr erfreut, Miss Andergren“, sagte Phil.

„Rose, du kannst jetzt heimgehen. Morgen ist ja auch noch ein Tag.“

Rose entschuldigte sich. Jon und Phil rückten an die Büchertürme, damit die junge Frau sich zwischen ihnen hindurchzwängen konnte. Sie trug einen eleganten Rock, ein weißes Hemd und die langen, blonden Haare in einer praktischen Steckfrisur. In der Enge des Raums kam sie nah genug an Jon vorbei, als dass er einen Hauch des dezent-süßlichen Dufts ihres Parfums in die Nase bekam. Sie nahm eine Handtasche, die neben der Tür auf einem kleineren Bücherstapel auf sie wartete, warf Jon und Phil noch einen verstohlenen Blick zu, und ging dann zur Türe hinaus.

„Die Jugend“, sagte Fincher, „voller Energie aber ohne Verständnis dafür, dass wir alten auch mal die Zeit vergessen. Wo waren wir?“

„Noch nirgends, Professor Fincher“, sagte Jon. „Erst einmal danke, dass Sie uns zu dieser Stunde empfangen.“

„Ich bin immer im Einsatz für die Ägyptologie, Doktor Danger. Immer.“

„Ja, das habe ich gehört. Ich suche nach...“

„Nach einer Stele aus der alten Aigner-Sammlung. Ja, ich weiß. Ich habe Rose schon einmal auf eine Expedition in die Stapel geschickt, aber vermutlich mit zu wenig Zeit, um Erfolg zu haben.“

„Expedition?“

„Das Magazin dieses Museums“, Fincher machte eine ausladende Geste, um die Wände zu erfassen, die sich hinter den Büchern befinden mussten, „ist eine Welt für sich. Was darin verschwindet, muss mit wissenschaftlichem Elan, Mut und Forscherdrang wiederentdeckt und den Tiefen entrissen werden. Ganz, als ob man es das erste Mal finden will. Und die Expedition von Aigner war sogar vor meiner Zeit hier. Will heißen, das System der Ablage war damals, freundlich ausgedrückt, nicht wirklich vorhanden. Hier liegen hunderttausende Artefakte ohne vernünftigen Katalog, weil man sie damals für unwert befunden hat, nach London zu verschleppen, verstehen Sie?"

Jon blickte den Professor an. „Also wissen wir, dass die Stele irgendwo hier in diesem Gebäude ist, aber nicht wo?"

„Jedenfalls nicht genau. Aber wissen Sie, ich denke, Sie können sie durchaus finden. Ich habe eine Ahnung von der groben Gegend, in der Sie suchen müssen. Morgen können Sie sich mit Rose zusammen in die Stapel schlagen und danach suchen. Wenn Sie Glück haben, brauchen sie ein paar Stunden, wenn sie Pech haben eine Woche oder auch zwei. Aber Sie werden fündig, davon bin ich überzeugt."

Jon unterhielt sich noch eine Weile mit Professor Fincher. Über dessen Arbeit an ägyptischen Hieroglyphen und vor allem über dessen Kenntnisse über mesopotamische Keilschriften. Über das, was Jon selber gemeinsam mit Leigh und Reisner in Meroe herausgefunden hatte. „Reisner, der alte Haudegen", hatte Fincher verschmitzt gesagt. „Ist allmählich etwas alt für das Feld, oder? Nun, soll er nur weiter Sachen aus der Erde holen, damit Leute wie ich die eigentliche Arbeit der Erkenntnis machen können."

Jon sollte am nächsten Vormittag wiederkommen. Um 13 Uhr ende Miss Andergrens Mittagspause, so Fincher, dann könne er sie für den Rest des Tages entbehren. „Bringen Sie Proviant, eine Laterne und für alle Fälle einen Schlafsack mit, Danger", hatte Fincher augenzwinkernd gesagt. „Die Stapel sind Labyrinth, Dschungel und Gruft in einem. Unterschätzen Sie niemals unser Archiv."

Auf dem Weg nach draußen philosophierte Phil über das Leben Professor Finchers. „Glaubst Du, er verlässt diesen Raum überhaupt noch?"

„Ich nehme an, er geht ab und zu den Flur herunter auf die Toilette", meinte Jon. „Und ich habe ein Schachspiel in der Ecke gesehen, mit einer Tafel darüber mit Zügen. Er spielt mit irgendwem Schach per Post, glaube ich."

„Brieffreunde sind kein Ersatz für eine ordentliche Bar, Jon", meinte Phil. „Apropos, wir müssen noch klären, wo du eigentlich schläfst. In ein x-beliebiges Hotel kann ich dich schlecht bringen, wenn die halbe Unterwelt der Stadt dir an den Kragen will."

Sie befanden sich auf der Treppe des Museums, als Phil dies sagte – und wie auf dieses Stichwort hin bemerkte Jon eine Gruppe von Männern, die fünfzig Meter hinter Phils geparktem Mercedes um ein weiteres Automobil herumlungerten. Es waren einheimische, gekleidet in staubige Nadelstreifenanzüge, die dort rauchend standen und sie unverhohlen beobachteten. Jon und Phil warfen den Motor an. „Ich glaube, die wollen was von uns", bemerkte Jon. „Das mag sein. Aber dafür müssen sie uns erstmal kriegen", antwortete Phil und gab Gas.

Jon blickte zurück, sah die Männer eilig ihre Zigaretten wegwerfen und in den Wagen springen, sechs Mann auf die Bänke, zwei auf die Trittbretter an den Seiten. Sie mussten den Motor haben laufen lassen, denn sie fuhren sofort los. Phil hatte sich die Fliegerbrille aufgesetzt, damit ihn der Fahrtwind nicht blendete und fuhr mit Vollgas durch das nächtliche Kairo. Die elektrischen Laternen der Straßenbeleuchtung zeigten deutlich weniger Verkehr als noch am Nachmittag – aber in der heißen Wüstenstadt kam ein Teil der Bevölkerung erst nach Sonnenuntergang heraus und somit war die Stadt noch immer voller Bewegung.

Mit kreischenden Reifen nahm Phil eine Kurve, wich einem Handkarren aus, donnerte ein Stück über einen Bürgersteig, dann wieder um eine Kurve und auf eine weitere Hauptstraße. Die Männer in dem anderen Auto folgten ihnen. „Phil, du bringst noch jemanden um! Wir sollten uns den Kerlen stellen oder zur Polizei fahren!"

„Bist du irre? Jon, wir sind unbewaffnet und die sind zu acht. Und der Polizei hier kannst du nicht mehr trauen, seit die ihren eigenen König haben." Phils Gesicht verhärtete sich, als er das Automobil um die nächste Ecke lenkte, ein Fluch entwich ihm, als er einer Ziege ausweichen musste und fast in eine Gruppe spielender Kinder gefahren wäre.

Jon drehte sich um legte sich über die Rückenlehne und griff an den Kofferraum, der auf das Heck geschnallt war. Phil fuhr eine weitere Kurve, die Jon fast vom Wagen geworfen hätte, dann gelang es, den Kofferraum zu öffnen. Einige Ersatzteile klöterten auf die Straße hinter ihnen, als Jon seinen Rucksack herausholte und zu sich auf die Sitzbank zog. Er kramte den Revolver aus der Seitentasche seines Gepäcks hervor.

„Fahr langsamer, dann kann ich ihnen die Reifen zerschießen!"

„Kannst du das, Jon? Das letzte Mal, das ich dich eine Waffe habe abfeuern sehen, hast du nicht einmal ein Scheunentor treffen können", rief Phil über den Motorenlärm hinweg.

Jon legte den Revolver an, als das Automobil ihrer Verfolger hinter einer Ecke auftauchte. Er zielte, die unruhige Fahrt verwackelte ihm den Arm, er drückte ab.

Er war sich sicher, dass er nicht getroffen hatte aber der Kopf des Fahrers in dem Automobil hinter ihnen explodierte förmlich nach hinten. Jon sah noch, dass die anderen Insassen mit Blut besprenkelt wurden, als das Steuer des Fahrzeugs verriss und sich der Wagen sofort überschlug. Die Gangster auf den Trittbrettern wurden abgeworfen, die Männer im Wageninneren hatten weniger Glück und wurden unter dem rollenden Gefährt zermalmt und begraben, als es auf dem Dach liegend zum Stehen kam.

„Halt an!", rief Jon.

„Heilige Scheiße, hast du etwa getroffen?"

„Fahr zurück, vielleicht können wir noch mit jemandem reden."

„Hast du die Sache mit Kimme und Korn endlich verstanden, Jon?"

„Phil, was auch immer den Mann da gerade getroffen hat war mehr als dieser Revolver. Glaube ich." Phil hatte den Mercedes gewendet und fuhr zur Unfallstelle zurück. Schaulustige hatten sich gesammelt. Einer der beiden abgeworfenen Gangster war gegen eine Straßenlaterne geflogen und lag mit unnatürlich verrenktem Genick da. Der andere hatte mehr Glück gehabt, war auf einem geschlossenen Marktstand gelandet. Als er Jon und Phil kommen sah, floh er humpelnd in die Nacht. Die Menge an Schaulustigen machte eine Verfolgung unmöglich.

„Gehen wir", sagte Phil. „Ich habe keine Lust, diesen Schlamassel der Polizei zu erklären.

Jon verbrachte die Nacht im Haus eines Gewürzhändlers, der mit Phils Familie in Geschäftskontakt stand. Der Mann, seine Frau und seine Kinder, richteten Jon ein Lager in einem Bibliothekszimmer ein und brachten dem Kanadier ein aufgewärmtes Abendbrot aus Reis, Linsen, Kichererbsen, scharf angebratenen Zwiebeln, Knoblauch und Tomaten, dass dieser herunterschlang. Sie stellten keine Fragen, warum Jon hier schlafen sollte.

Tatsächlich schlief Jon tief und fest, bis ihn der Hausherr am nächsten Tag um zehn weckte. Mr. Wentworth-Ganterbury habe angerufen, er werde Jon heute Abend treffen, er habe einige Erledigungen zu machen. Jon, so Phils Nachricht, solle sich alleine zum Museum durchschlagen und dort mit Miss Andergren das Magazin durchsuchen. Jon frühstückte mit der Familie, unterhielt die Kinder mit ein paar Taschenspielertricks, zog sich frische Kleidung an und verließ das Haus.

Der Gewürzhändler lebte in einer Seitenstraße südlich des Stadtzentrums. Jon warf sich das Jackett über die Schulter und ging durch die bereits am Morgen unangenehme Hitze der staubigen Straßen Kairos.

Es war ein Fußmarsch von einigen Kilometern bis zum Museum. Er nutzte die Gelegenheit, um seinen Kopf frei zu bekommen, den Geruch der Stadt – scharfe Gewürze, Kohlefeuer, geröstetes Hühnchen, Linsen, ab und an ein offener Kanal – in sich aufzunehmen. Kurz vor dem Museum gönnte sich Jon bei einem Straßenhändler mit mobilem Grill einige Kofta, gegrillte und gewürzte Hackspieße. Wie ihm Professor Fincher geraten hatte, kaufte er sich dann auch noch Proviant für den Rest des Tages: Hawawshi und eine Flasche mit Wasser, die er in seine Umhängetasche steckte.

Schließlich kam Jon beim Museum an. Seine Armbanduhr war ihm in Dschibuti gestohlen worden aber ein Amtsgebäude auf der anderen Straßenseite zeigte ihm an, dass es kurz vor eins war. Zeit für seinen Termin mit Miss Andergren.

Rose Andergren wartete gemeinsam mit Professor Fincher in der Eingangshalle auf Jon. Der alte Forscher war offenbar doch dazu in der Lage, seine Höhle zu verlassen. „Doktor Danger. Schön, dass Sie da sind. Rose kennen Sie ja bereits." Rose trug den gleichen Rock wie am Vortag, hatte aber ihr weißes Hemd gegen eines in Türkisgrün getauscht. Sie hatte eine Umhängetasche bei sich und trug flache Schuhe, trotz derer Sie Jon fast auf gleicher Augenhöhe ansah. Die blonden Haare hatte sie heute in einem geflochtenen Zopf. Ihre dunkelblauen Augen sahen Jon neugierig an.

„Doktor Danger. Ich bin gespannt, ob es uns gemeinsam gelingt, Katalog-Nummer 1872-579.B36 zu finden." Ihr Englisch hatte einen skandinavischen Akzent, den Jon nicht genau zuordnen konnte. Professor Fincher führte beide durch die Gänge des Museums, stützte sich dabei auf einen schwarzen Gehstock mit silbernem Knauf. Er brachte sie eine Treppe hinunter in das erste von zwei Untergeschossen und führte sie bis zu einer Tür. Dort übergab er feierlich einen Schlüssel an Rose.

„Hier, wie schon letzte Woche. Geht durch bis zu Rang C und dann links in die 1870er und dann schaut euch um. In den vier Räumen dieses Jahrzehnts muss das Ding irgendwo sein. Laut Katalog ist es einen halben Meter hoch und wiegt 200 Pfund. Es ist also nicht irgendwo auf einem Regal versteckt. Erzählen Sie mir hinterher, was Sie im Feld erlebt haben. Viel Erfolg!"

Fincher wartete noch, während Rose die Tür öffnete und hinter ihnen wieder schloss. Finchers Assistentin schaltete eine batteriebetriebene Lampe an, die sie aus ihrer Tasche gezaubert hatte. Sie reichte Jon ebenfalls eine. Der hatte Finchers Aussage bezüglich einer Lampe für einen Scherz gehalten aber Rose erklärte ihm, dass dieser Teil des Gebäudes noch nicht elektrifiziert war. „Es gab mal Gaslampen an der Decke aber das Gas wurde abgedreht, als die Kabel im Rest des Museums verlegt wurden. Um hier welche zu verlegen, müsste jemand das Magazin ausräumen und keiner weiß so genau, wohin. Also brauchen wir hier unser eigenes Licht."

Sie gingen durch die Reihen von Aktenschränken aus dem letzten Jahrhundert, die den Hauptkorridor säumten. Der Lichtkegel von Jons Taschenlampe fuhr über Reihe um Reihe quer zum Weg aufgestellter Dokumentenspeicher mit Beschriftungen in kryptischer Codierung. „Die Aktenschränke hier im Hauptflur beinhalten nur Referenzen und Dokumentation. Wenn die Stele damals fotografiert wurde, würden wir das hier im Hauptflur finden. Aber die Stele selbst ist groß und vermutlich leichter zu entdecken, wenn wir im Material selber nachsehen", erläuterte Rose.

„Darf ich fragen, wie es Sie hierher verschlagen hat?", fragte Jon. „Wie lange arbeiten Sie schon für Fincher?"

„Seit drei Monaten", antwortete Rose. „Ich habe in London Ägyptologie studiert. Ich wollte hier für meine Forschungsarbeit recherchieren und Fincher hat nach einer Assistentin gesucht."

„Sie kommen ursprünglich aus Schweden?"

„Ja, Stockholm. Aber ich wollte immer das alte Ägypten erforschen. Wo kommen Sie her?"

„Toronto, ursprünglich. Aber ich arbeite für die Miskatonic University in Arkham, Massachussets."

„Ziemlich jung für einen Doktor der Archäologie."

„Ziemlich hübsch für eine Museumsassistentin", stichelte Jon zurück. „Ich hab direkt mit der Forschung angefangen, nachdem ich aus dem Krieg heimgekehrt bin. Und es ist Archäolinguistik, um genau zu sein."

Sie waren bei Rang C angekommen. Nach links und rechts gingen Durchgänge ab. Die Taschenlampen erleuchteten links ein Schild mit der Aufschrift „1871-1880" und rechts eines mit „1881-1890". Aus den Räumen mit den 1870er Jahren fiel ein leichter Lichtschimmer. „Es gibt dort Lichtschächte rauf zur Straße. Die sind ziemlich verdreckt und nur am hinteren Teil aber es ist mehr als nichts, falls unsere Lampen ausfallen sollten", sagte Rose.

Jon und Rose gingen in den ersten Raum. Er war groß, sicherlich zehn mal zwanzig Schritte. Jon realisierte, dass von diesem Raum noch weitere abgingen: Einer nach rechts und einer geradeaus. Das Ganze war mit einem Labyrinth aus Regalen angefüllt, das abgesehen von den rechten Winkeln keiner logischen Ordnung zu folgen schien. Darin befanden, unter einer mehrere Millimeter dicken Staubschicht, teils in Kisten verpackte und teils frei herumliegende Funde vergangener Expeditionen: Speerspitzen, Tontafeln, Statuetten, Kanopengefäße, eine Totenmaske aus lackiertem Holz, in Glas gepresste Papyrusfragmente, Jon entdeckte im Vorbeigehen sogar eine Kiste, die laut Beschriftung eine ganze Mumie enthielt.

„Wir teilen uns die Regale ein und dann legen wir los. Schauen wir vor allem auf die unteren Regale und zwischen die Gestelle, die Stele ist ja ziemlich schwer", sagte Rose. „Ich habe den vorderen Teil dieses Raums eigentlich schon durchforstet, aber wer weiß, vielleicht habe ich etwas übersehen. Es war mir ein wenig unheimlich, alleine hier unten in der Dunkelheit."

„Jetzt sind wir ja zu zweit", antwortete Jon. „Sie nehmen die rechte Seite, ich die linke, ja?"

In einem Labyrinth konnte man den Ausgang immer wieder erreichen, wenn man sich an eine der Wände hielt. Das bedeutete aber auch, dass Teile des Labyrinths nicht erforscht wurden, wenn sie sich inselartig in der Mitte befanden. Jon wusste, dass sie später noch den mittleren Teil des würden Raums untersuchen müssen. Er folgte den Regalen und redete währenddessen weiter mit Rose, die sich nur wenige Schritte entfernt aber durch die trennenden Regale doch praktisch in einem anderen Raum befand.

„Worum geht es bei Ihrer Forschungsarbeit?", fragte er, während er ein aus fluoreszierendem Gestein geschnitztes Rundsiegel begutachtete, das weiterschimmerte, nachdem er den Strahl der Taschenlampe weiterwandern ließ.

„Die sprachliche Verschiebung zwischen der prädynastischen Zeit und dem alten Reich", antwortete Rose. „Falls Sie wissen, was das bedeutet."

„Es bedeutet, dass Sie Ahnung davon haben, wie die Leute vor sechstausend Jahren gesprochen haben und wie sich die Sprache dann über vier Jahrtausende hinweg entwickelt hat. Große Zeitspanne. Überschneidet sich in Teilen mit dem, was ich erforsche."

„Professor Fincher sagt, Sie seien Atlantisforscher?"

„Das ist nicht ganz korrekt. Mu. Ja, auch ein untergegangener Kontinent aber eben im Pazifik."

„Klingt unwahrscheinlich."

„Wenn wir die Stele gefunden haben, zeige ich Ihnen etwas, das Ihre Meinung vielleicht ändern wird."

Jon und Rose sprachen weiter. Über das Fach, die Fachwelt, die Publikationsprobleme, welche Rose als Frau ohne großen Familienstammbaum und Vermögen hatte. Über ihre jeweilige Jugend. Beide waren am Rande großer Städte aufgewachsen, beide hatten Teile ihrer Kindheit in weiten Wäldern verbracht. Schließlich sagte Rose, laut ihrer Uhr sei es Zeit für eine Teepause. Sie trafen sich auf einem von Regalen gebildeten Platz, drei mal drei Schritte groß, irgendwo in der Mitte des Archivraums.

Rose war gut vorbereitet: Sie breitete eine leichte Picknickdecke auf dem staubigen Boden aus, hatte eine Thermoskanne mit Tee sowie süßes Bhaklava dabei. Jon steuerte Hawawshi bei und sie stellten eine der Taschenlampen so gegen die Wand, dass sie genügend Licht hatten, während Rose vorsichtshalber schon einmal die Batterien der anderen Lampe auswechselte. „Wissen Sie, Doktor Danger, ich hatte lange keine angenehmere Konversation mehr. Kairo ist keine gute Stadt für eine alleinstehende Frau und Professor Fincher besteht nur aus Arbeit – und nicht der, für die ich eigentlich hergekommen bin."

„Nennen Sie mich Jon."

„Jon. Dann bin ich für dich ab jetzt Rose."

Sie sah ihn an. „Es ist einsam, hier in Ägypten, Jon." Jon sah in ihre dunkelblauen Augen, die im gedämpften Licht der Taschenlampe tief glänzten. Sie saßen sich gegenüber, Rose hatte sich ein wenig zur Seite gesetzt, sodass ihr Rock ihre langen, wohlgeformten Beine entblößte. Jon hob seine Hand, führte sie an ihre Wange. Ihre Lippen näherten sich. Bevor er sie erreicht hatte, schob sie ihn zurück. Zunächst wollte sich Jon entschuldigen, dann begriff er, dass sie ihn nicht von sich weg, sondern auf den Boden schob. Sie folgte ihm, ihre Lippen erreichten seine, bevor er ganz am Boden war. Sie gab ihm einen tiefen, innigen Kuss.

Sie war auf ihm, bevor er anders als mit der Erwiderung ihres Kusses reagieren konnte. Sie drückte ihn zu Boden, ihr Silhouette vor dem Licht der Lampe klar gezeichnet: Die einzelnen blonden Haare, die aus ihrem Zopf herausragten. Die Stupsnase. Die langen Wimpern. Die sinnliche Linie ihres Halses, der in Schultern und apfelgroße Brüste überging. Der Geruch ihres Parfums. Sie saß rittlings auf ihm, öffnete ihr sein Hemd. Jons Hände fanden ihren Weg rauf zu ihr, öffneten die Knöpfe ihres Hemds ebenfalls. Sie trug einen neumodischen Büstenhalter darunter, mit Spitze verziert. Er bekam die Schnalle geöffnet, als sie bereits ein ganzes Hemd offen hatte. Sie griff seinen Kopf, drückte ihn an ihren Busen. Jon öffnete sein Mund, fand ihre spitze Brustwarze und liebkoste sie mit Lippe und Zunge. Ein Stöhnen entfuhr Roses Lippen über ihm.

Sie griff seine Hand, führte sie herab und unter ihren Rock. Jons Finger fanden ihr Höschen, schoben sich hinein, liebkosten ihre feuchte Weiblichkeit. Sein Mund umschloss noch immer ihre Brustwarze, sie krallte sich mit einer Hand in sein Haar und stützte sich mit der anderen neben seinem Kopf auf den Boden. Ihre Hüften begannen, sich im Rhythmus einer Finger zu bewegen und ihr Atem kam schneller und zitternd. Dann spürte er, wie ihre Finger in seinem Haar zur Kralle wurden, sich ihr ganzer Körper anspannte, ihre Schenkel seine

Hand pressten. „Oh", machte Rose nur, und rollte sich von ihm herunter.

Jon drehte sich auf die Seite, ihr zu. Sie lag mit dem Rücken zu ihm auf dem Picknicktuch. Sie schob ihm ihren Hintern in den Schritt. Jon begriff, öffnete seine Hose, holte sein steinhartes Glied hervor. Sie griff hinter sich, fand ihn, zog ihn zu sich und führte ihn in sich ein. Jon schob seinen linken Arm unter ihren Kopf, griff herum packte ihre Brust. Mit dem rechten Arm griff er ihre Hüfte und begann, in sie hineinzustoßen. Er fühlte ihre Hand in seine Hose tasten, sie spielte mit seinem Hoden, während er härter in sie Hineinstieß. Sie hielt gegen, arbeitete in seinem Rhythmus, ihre Finger massierten ihn, seine Hand griff ihre Brust, seine Lippen küssten ihren Hals, dann biss er ihr leicht ins Ohrläppchen. Ein leiser Lustschrei entfuhr Rose, Jon arbeitete sich weiter an ihr ab, ihre Hand griff ihn stärker. Schließlich kamen beide zum Höhepunkt.

„Gut, dass ich Stoffservietten dabei habe", sagte Rose, für Jon überraschend entspannt nach dem Moment der Intimität. „Oh, Jon, schau nicht so perplex, ihr Angelsachsen nehmt Sex viel zu ernst."

„Wo du Recht hast, hast du wohl Recht", sagte Jon, während er sich das Hemd zuknöpfte und dann half, die verstreuten Reste des Picknicks einzusammeln. Er wollte gerade zum Sprechen ansetzen, da hörte er etwas aus der Richtung des Eingangs. Nicht Schritte, sondern das leichte Klirren von Metall auf Metall – etwa einer Klinge, die aus einer Scheide gezogen wird.

Jon hielt Rose einen Finger vor den Mund, griff nach der Lampe und schaltete sie aus. Dann tastete er nach der Thermoskanne, dem waffenähnlichsten Gegenstand, den er in der Nähe wusste. Rose raschelte neben ihm, rappelte sich auf. Er stand ebenfalls auf, nahm ihre Hand und führte sie auf den hinteren Ausgang aus dem Quadrat aus Regalen, das sie als Lagerplatz genutzt hatten. Jon hörte ein Geräusch, das näher war, als die Eingangstür, jemand hatte eines der Regale gestreift und die darauf liegenden Artefakte hatten ein wenig geklappert.

Jons Augen hatten sich an das schummrige Licht gewöhnt, das aus den verdreckten Lichtschächten über ihnen fiel. Er konnte die Regale schemenhaft wahrnehmen – und die dunkel Gestalt, die wenige Meter von Ihnen zwischen diesen auf sie zu schlich. Jon Schob Rose hinter sich und griff die Enden der Thermoskanne. Die Gestalt hatte ein Krummschwert in der Hand, hatte ihn offenbar gesehen. Rose sog erschrocken die Luft ein, verschwand tiefer ins Labyrinth. Der Assassine griff an.

Der Mann kam mit erhobenem Schwert auf Jon zu, bewegte sich fast lautlos. Der Kanadier beugte sich leicht vor, als der Mann das Schwert auf ihn herabfahren ließ, hob die Thermoskanne und parierte damit den Schwertschnitt, der ihn hätte ausweiden sollen. Es schepperte, die Kanne gab einen Knall von sich, faltete sich zwischen Jons Händen spürbar ein Stück weit ein. Er realisierte, dass die Spitze des Schwerts direkt über seiner Stirn lag und die Klinge in den Behälter geschnitten hatte – und nun darin eingeklemmt war. Er presste seine Arme zusammen, während der Assassine versuchte, seine Waffe aus der überraschenden Umklammerung zu befreien.

Jon durfte dem Mann keine Chance geben, sein Schwert unter Kontrolle zu bekommen. Er riss an der zerstörten Thermoskanne, versuchte, seinem Gegner die Waffe zu entringen oder ihn zu Fall zu bringen. Der Attentäter folgte dem Ruck einen Schritt nach vorne, kam damit näher an Jon und rammte ihm seinen Kopf ins Gesicht. Bei besserem Licht hätte der Kopfstoß vermutlich gut getroffen und Jons Nase gebrochen – so traf er ihn am Kinn. Er strauchelte rückwärts, noch immer den Behälter und damit das Schwert in seiner Gewalt, führte beides links neben seinen Körper, riss seinen Gegner mit sich zu Boden.

Der Mann war nun auf Jon, ließ plötzlich sein Schwert los, das Jon gemeinsam mit der zerstörten Thermoskanne von seinem Kopfende weg in die Dunkelheit stieß. Seine Hände fanden den Kopf des Mannes auf ihm, krallten in dessen Augen, während dieser zwischen Jon und sich einen weiteren Dolch vom Gürtel zu ziehen versuchte. Der Assassine atmete schwer, machte gab aber sonst kein Geräusch von sich, als Jons Daumen dessen Augen fanden und zudrückten. Der Mann riss eine Klinge hoch, hackte damit nach Jons Hals und Gesicht. Schmerz schoss Jon durch die Schulter, er zischte auf, riss sein Knie in die Höhe, in die Magengegend seines Kontrahenten.

Irgendwo im hinteren Teil des Labyrinths aus Regalen gab es einen krachenden Lärm, als wäre ein Gebäude eingestürzt. Jon schob seinem Gegner den linken Daumen in die Augenhöhlen, trat erneut zu. Mit der Rechten holte er aus, schlug seinem Gegner mit aller Kraft gegen die Seite des Halses. Der Atem des Mannes wurde rasselnd, gluckernd. Der Dolch fuhr noch mehrere Male auf und ab, klickte auf dem gefliesten Boden. Zwei der Stöße schnitten Jon erneut in die Schulter. Jon schlug dem Mann erneut gegen den Hals, bis dieser auf ihm zusammensackte.

Er rollte den sterbenden Attentäter von sich herunter, rappelte sich hoch und betastete seine blutende Schulter. Er strauchelte in die Richtung, in der Rose verschwunden war und aus welcher der Lärm gekommen war. Eine Taschenlampe blitzte auf, blendete ihn.

„Jon!“ Es war Rose, sie kauerte in einer Ecke, vor ihr die Trümmer eines umgestürzten Regals, unter denen Blut hervor lief und eine Hand mit einem Schwert herausragte.

„Rose!“ Er nahm sie in den Arm, sie ließ die Taschenlampe fallen.

„Alles gut, alle gut“, wiederholte Jon mit zitternder Stimme. Dann sah er im Schein der Taschenlampe etwas, das unter dem Regal gelegen haben musste. Schwarzer Stein. Eine Schrift aus Kreisen und Ringen. Die Stele. Sie hatte unter jenem Regal gelegen, das Rose auf ihren Angreifer gestürzt hatte.

Nicht alle Fragen der Polizei konnten Rose und Jon beantworten. Die beiden Meuchelmörder waren ins Museum geschlichen, um sie zu töten – soviel war klar. Ihr Tod, gewaltsam, wie er gewesen war, ging als Notwehr durch. Jons Schulter wurde verarztet und er verbrachte die nächsten beiden Wochen damit, zum einen Rose und Fincher die Funktion der Linse zu zeigen und die Stele damit zu untersuchen, zum anderen, die Tontafel nachzumachen, die der Unbekannte aus dem Badehaus als Gegenleistung für Zugang zur mysteriösen Schwarzen Auktion haben wollte.

Phil nahm Jon mit ins Nachtleben der Stadt, ein paar Mal kam sogar Rose mit, die sich freute, mit jemandem unter 60 zu tun zu haben. Dass sie in der zweiten Woche mit Phil schlief, störte Jon nicht weiter. Die Stele erwies sich als Teil einer Konstellationsbeschreibung, deren untere Hälfte fehlte. Diese war allen Spuren nach in moderner Zeit abgesägt worden – und laut den vergilbten Papieren, die sich bei dem Fundstück befanden, von Aigner selbst mit nach Österreich genommen worden.

Der Tag des Treffens mit dem Unbekannten rückte näher. Jons Gastgeber, der Gewürzhändler, fand einen Zettel an seiner Tür und händigte ihn Jon aus. „12 Uhr Mittag. Östliches Green des Gezira Sporting Club. Loch 8. Kommen Sie alleine“, stand dort in akkurater Hand geschrieben.

„Ich kann dich da reinbringen“, erklärte Phil beim Abendessen in einem Restaurant nahe des Museums. „Britische Offiziere, auch außer Dienst, sind automatisch Mitglied im Club. Wir werden für dich eine Tagesgebuhr hinblättern müssen. Nicht der Rede wert. Trag vernünftige Klamotten, wir gehen golfen.“

„Ich soll alleine kommen, Phil“, antwortete Jon.

„Klar, aber in den Club hinein kommst du nicht alleine. Außer, du planst einzubrechen. Unnötig. Wir gehen gemeinsam rein, ich treffe ein paar alte Bekannte, du den großen Unbekannten, rein, raus fertig. Erzähl mir hinterher, wer er eigentlich ist."

Sie fuhren mit dem Mercedes beim Gezira Sporting Club vor. Das weitläufige Gelände des größten Sportclubs der Stadt lag auf einer Insel im Nil. Jon trug einen neuen Anzug, den er sich in der letzten Woche bei einem Schneider hatte machen lassen. Er saß wie angegossen. Seinen Hut aus Känguruhleder trug er zum Schutz vor der Sonne dennoch – und das Jackett warf er in der Hitze lieber über die Schulter, als es tatsächlich anzuziehen. Phil trug einen eleganten Nadelstreifenanzug, einen Fedora und – in einem versteckten Schulterholster – seine schwere vierläufige Lancaster-Pistole. „Für alle Fälle", hatte er erklärt – und sich damit dazu verdammt, in der Hitze mit Jackett herumzulaufen.

Der Golfplatz des Sportclubs war in der Mittagshitze kaum belegt. Jon hatte von Phil einen Golfschläger in die Hand bekommen und sich auf den Weg zum achten Loch gemacht. Tatsächlich wartete dort ein Mann auf ihn. Hochgewachsen, dünn oder gar dürr. Haar, das entweder hellblond oder frühzeitig ergraut war – Jon schätzte den Unbekannten auf Ende dreißig ein. „Doktor Danger. So treffen wir uns Angesicht zu Angesicht", grüßte der Fremde – und Jon erkannte die Stimme des Mannes, mit dem sie im Dampfbad gesprochen hatten.

„Jetzt wo ich Ihr Gesicht kenne: Lassen Sie vielleicht die Spielchen und sagen mir Ihren Namen?"

„Nun, wenn Sie mir bringen, was ich von Ihnen haben will, dann werden Sie meinen Namen ohnehin auf der

Empfehlung lesen können, schätze ich", antwortete der Mann. „Sir Shamus Keswick."

„Also gut, Mr. Keswick. Ich habe Ihre Tontafel." Jon tätschelte seine Umhängetasche. „Wenn Sie das Schreiben haben, müssen Sie mir nur noch sagen, wem ich es überhaupt aushändigen kann."

„Hier", sagte Keswick und hielt eine Visitenkarte in die Höhe. Sie war komplett schwarz und verschnörkelte, silberne Schrift glänzte darauf in der Mittagssonne.

Jon griff in seine Innentasche und holte das in Papier eingeschlagene Tontäfelchen heraus, das er in mühsamer Kleinarbeit gefälscht hatte. Der Text wies es als Kaufvertrag für einen Sklaven, dessen Seele, sowie alle seine Nachkommen aus. Nichts ungewöhnliches für ein frühsumerisches Dokument. Aber wenn Keswick es haben wollte, dann war dem so.

Die beiden Männer gingen aufeinander zu. Keswick hatte einen Brief hervorgeholt, hielt ihn Jon gemeinsam mit der Visitenkarte entgegen. Plötzlich explodierte die Brust des Engländers. Jon wurde mit Blut und Knochensplittern bespritzt. Die Augen des Adligen weiteten sich entsetzt, wurden dann trüb. Der Schuss donnerte zwei Sekunden nach dem Einschlag, während Keswick zusammensackte. Er hielt Jon noch die beiden Dokumente hin, bevor sein Arm erschlaffte.

Jon hatte sich zu Boden geworfen, wie er es im Großen Krieg oft getan hatte, wenn aus unbekannter Richtung geschossen wurde. Er griff die beiden Schriftstücke aus Keswicks toten Fingern und blickte an der Leiche vorbei. Über die Palmen am Rand des Golfplatzes hinweg war das Minarett einer alten Moschee zu sehen. Jon sprang auf und rannte los.

Dem Schall nach zu urteilen, war der Schütze mindestens einen halben Kilometer entfernt gewesen. Das Minarett war die einzige mögliche Feuerposition – anderswo wären Palmen und Gebäude im Weg gewesen. Jon rannte im Zick-Zack, in der Hoffnung, dass der Scharfschütze mit einen beweglichen Ziel größere Probleme haben würde, als mit einem langsam gehenden Mann. Er erreichte den Rand der Sportanlage. Schweiß brannte in seinen Augen. Er schwang sich mit einem Satz über die zweieinhalb Meter hohe Mauer, landete auf der Straße dahinter und lief weiter.

Jon musste mehrere kleine, staubige Gassen durchqueren, bis er bei der Moschee ankam. Diese war etwas baufällig, schien aber noch in Benutzung zu sein. Sie hatte einen Innenhof, der komplett verlassen war, als Jon dort ankam. Aus dem inneren Heiligtum selber schritt ein Mann in den Hof. Er trug ein schwarzes Gewand und ein Tuch um den Kopf gewickelt. Er war sehr alt, hielt sich aber aufrecht und gerade. In seinem langen Bart waren noch einzelne Strähnen Schwarz zu sehen, ansonsten war er, wie auch das unter dem Tuch herausragende Haupthaar, längst ergraut. In seinen Händen trug der Assassine ein langes, reich verziertes Gewehr mit seltsam geschlungener Schulterstütze: Eine Jezzail, realisierte Jon, ein Langgewehr, wie es in Zentralasien hergestellt wurde.

Jon hielt die linke Hand zur Faust geballt. Der Mann stellte das Gewehr ruhig neben den Eingang zur Moschee. „Doktor Danger. Endlich treffen wir uns persönlich“, sagte der Fremde mit nur leichtem Akzent.

„Getroffen haben Sie mich nicht. Sie haben Sir Keswick umgebracht. Wer sind Sie? Was wollen Sie von mir?“

„Fragen über Fragen. Zuerst einmal: Wenn ich Sie hätte treffen wollen, wären Sie jetzt tot. Heute. Damals im Auto. Ich habe seit vielen Jahren kein Ziel mehr verfehlt. Diese Kugel war kein Angriff auf Sie. Sie war eine Botschaft. Und Sie haben sie erhört, sonst wären Sie jetzt nicht hier."

„Wer zur Hölle sind Sie?" Jon ging einige Schritte auf den Mann zu. Der Hof maß etwa zwanzig Schritt. Zehn davon trennten die beiden Männer, die sich hier in der Mittagssonne gegenüberstanden.

„Ich bin der Mann, der den Mächtigen den Tod bringt. Für einen Preis. Ich befehlige die, die am Ende immer ihr Ziel erreichen. Ich bin der Anführer der Hashishin. Der Assassinen. Der Attentäter, vor denen sich bereits die Kreuzritter fürchteten."

„Bisher haben Ihre Leute ihr Ziel bei mir nicht erreicht. Wie viele Männer wollen Sie mir noch schicken?"

„Doktor Danger. Wie bereits gesagt, bin ich nicht hier, um Sie zu töten. Wenn ich das muss, dann werde ich es tun. Aber ich will Ihnen ein Angebot machen."

„Was können Sie mir schon anbieten?"

„Eine Möglichkeit, Ihre Lieben zu schützen. Sehen Sie, eben ist jemand vor Ihren Augen gestorben. Durch mich. Das kann jedem in Ihrem Leben passieren. Ihrer Freundin Doktor Hanworth. Ihrem Freund Wentworth-Ganterbury. Miss Andergren. Fincher. Reisner. Ihrem Vater." Jons Augen verengten sich mit jedem Namen, den der Mann nannte.

„Wenn ich meine Männer einmal ausgeschickt habe, kann selbst ich sie nicht mehr zurückrufen. Sie töten ihr Ziel und enden entweder wieder bei mir oder im Paradies."

„Was wollen Sie von mir?", presste Jon heraus.

„Ich will, dass Sie nach Abbessinien zurückkehren und den Mann töten, dessen Attentat Sie dereinst verhindert haben.

Tun Sie das und ich setze keine weiteren Männer auf Sie an. Oder auf die, die Ihnen wertvoll sind."

„Sie schätzen mich falsch ein. Ich bin kein Mörder. Und kein Attentäter, den Sie anheuern können."

„Das ist schade", sagte der Mann. „So sollen Sie denn wissen: Mein Name ist Fuad al'Gawhawry. Und ich werde Sie töten."

Der Mann glitt mit einer geschmeidigen Bewegung nach vorne, hob seinen linken Arm und ein Dolch flog auf Jon zu. Der hatte mit dem Angriff gerechnet, war aber dennoch von der Flüssigkeit der Attacke überrascht und konnte nur knapp ausweichen. Dann war der Mann auf drei Schritt an ihn heran, produzierte aus seinem Gewand ein elegantes Krummschwert und schnitt direkt nach Jons Hals. Jon wich zurück. Die Klinge ging knapp vor seinem Gesicht im Schatten seiner Hutkrempe an ihm vorbei.

Al'Gawhawry setzte zur nächsten Attacke an aber Jon hatte einen einzigen Trumpf parat: Er schleuderte dem Mann seine bis dahin geschlossene linke Hand entgegen und warf ihm Staub, Sand und Steinchen ins Gesicht, die er vor der Moschee aufgeklaubt hatte. Überrascht und kurzzeitig geblendet, ging der alte Assassine einen Schritt zurück, schwang sein Schwert präventiv niedrig vor sich, um einen möglichen ungesehenen Angreifer abzuwehren. Hätte Jon ihn direkt attackiert, hätte ihn die Klinge erwischt, aber er lief im Halbkreis um den alten Mann herum.

Jahrzehnte des Trainings und der Erfahrung hatten Al'Gawhawrys Kampfkünste genauso gestählt wie seinen Körper – aber er war alt und Jon war schneller. Er lief zu der langläufigen Waffe, die der Mann beim Eingang der Moschee hatte stehenlassen. Jon schnappte das Gewehr, es war fast so lang, wie er selbst und die hölzernen Teile waren mit goldenen Intarsien verziert. Der Assassine hatte seine Augen freigeblinzelt, folgte ihm. Jon riss das Gewehr hoch, zielte auf die Brust des Mannes, drückte ab.

Der Schuss donnerte, hätte ihn fast von den Füßen geworfen. Die Waffe hatte die Kraft einer Tankbüchse. Al'Gawhawry zuckte nicht einmal, als die schwere Kugel einen Handbreit an seinem Ohr vorbeiflog. Schon war er wieder in Reichweite, das Schwert stach in Jons Richtung. Der machte zwei schnelle Schritte zur Seite, griff das noch heiße Gewehr beim Lauf und hielt es wie einen Speer oder Spaten. Der nächste Schnitt der Klinge zielte auf Jons Finger – aber eine kleine Bewegung und eine Portion Glück sorgten dafür, dass die Attacke nur das Holz der Jezzail trafen. Funken stoben, als der Assassine seine Klinge zurückzog und diese dabei vermutlich einen Teil ihrer Schärfe am Lauf der Waffe einbüßte.

Der Assassine ging nun methodisch gegen Jon vor: Wieder und wieder kamen die Schwerthiebe. Keiner davon zu schnell oder zu hart für Jon aber der Schweiß stand ihm auf der Stirn und sein Angreifer trieb ihn langsam über den Hof der Moschee, in Richtung einer Ecke ein Stück vom Ausgang entfernt. Al'Gawhawry zeigte trotz seines Alters keinerlei Anzeichen von Erschöpfung und auf seiner faltigen Stirn war kein Tropfen Schweiß zu erkennen. Jon wusste, dass er diesen Kampf nicht gewinnen würde, blockierte weiter Hieb um Hieb, das Gewehr mit jeder Bewegung schwerer in seinen Armen.

Jon war fast mit dem Rücken zur Wand, als ihm etwas im Augenwinkel auffiel. In einem letzten, verzweifelten Kraftakt, schmetterte er die Jezzail als Gegenangriff wie ein

Wurfgeschoss in Richtung seines Widersachers. Dieser war gezwungen, einen Schritt zur Seite zu tun, um die Masse aus Holz und Stahl nicht abzubekommen, musste seine Angriffe für einen Augenblick unterbrechen. Jon hechtete zwei Schritte von dem Mann weg, sprang zu Boden und warf gleichzeitig seinen Hut in das Gesicht des Assassinen. Dieser peitschte das Leder mit einer wischenden Bewegung seines Schwertes davon – und bekam im nächsten Moment das Messer ins Bein, das Jon vom Boden gegriffen und geworfen hatte.

Der alte Assassine blickte herunter auf den Griff seiner eigenen Klinge, die ihm im Bein steckte. „Sie haben mich", konstatierte er. „Das Gift wird mich töten."

„Sie werden sterben?"

„Oh ja", sagte Al'Gawhawry und setzte sich hin. „Endlich. Es waren viele Jahre und viele, viele Leben, wissen Sie?" Seine Augen wurden bereits abwesend. Jon wagte es nicht, sich dem Mann zu nähern.

„Wie viele Männer haben Sie mir noch auf den Hals gehetzt?"

„Was? Ach so... Ich denke, Sie haben vier erwischt... Einen habe ich noch. Oder waren es zwei? Oder drei?" Das Gesicht des alte Mannes überkam ein manisches Grinsen, das sogleich wieder erstarb. Er sackte vornüber und blieb mit dem Gesicht nach unten liegen. Dann atmete er zitternd seinen letzten Atemzug.

Jon hatte seine liebe Mühe, der Polizei die zwei weiteren Leichen zu erklären, die seinen Weg säumten. Am Ende halfen Verbindungen Professor Finchers, ihn aus der Sache weitgehend herauszuhalten. Die gefälschte Tontafel wurde als Beweisstück konfisziert, stellte aber an sich kein Verbrechen dar und endete vermutlich in einer anonymen Asservatenkammer irgendwo in Kairo. Am Ende waren die

Assassinen der Polizei durchaus bekannt, wenngleich als unbekannte Größe, die bei wenigen hochkalibrigen Verbrechen wie ein düsterer Schatten über Ermittlungen hing.

Die Offenbarung der Identität des Unbekannten als Sir Shamus Keswick war von Phil mit einem „von den südlichen Keswicks? Wer hätte das gedacht?" quittiert worden. Die Visitenkarte und das Empfehlungsschreiben hatte dieser an sich genommen, bevor Jon verhört wurde. Das Empfehlungsschreiben enthielt lediglich die Aussage, dass ein Doktor Jonathan Daniel Danger wohnhaft in Arkham, Massachussets, USA, von Sir Shamus Keswick als geeignet zur Teilnahme an der Auktion empfohlen werde. Unter der Bedingung, dass dieser (und maximal eine Begleitperson) pro Kopf 10.000 britische Pfund Sterling sowie einen einzigartigen Gegenstand zur Versteigerung selber beisteuern könne.

Auf der schwarzen Visitenkarte standen in silberner Schrift die Adresse eines Postfachs in London, eine Telefonnummer ebendort, sowie der Hinweis, dass die Schwarze Auktion 1924 am 13. Oktober im Casino von Monte Carlo stattfinden werde.

Sie würden der Auktion beiwohnen, Phil und Jon. Dort gab es nicht nur den Schlüssel zu dem geheimnisvollen Mausoleum zu ersteigern, sondern noch ganz andere Mysterien und Schätze. Aber das ist eine andere Geschichte, nämlich:

Jon Danger und die Schwarze Auktion